兒童**理財**啟蒙故事 ①

奇妙的貝殼　錢的由來

真果果 編著

U0111439

新雅文化事業有限公司
www.sunya.com.hk

兒童理財啟蒙故事 1

奇妙的貝殼（錢的由來）

編　　著：真果果
繪　　畫：心傳奇工作室 逗鴨
責任編輯：胡頌茵
美術設計：劉麗萍
出　　版：新雅文化事業有限公司
　　　　　香港英皇道499號北角工業大廈18樓
　　　　　電話：（852）2138 7998
　　　　　傳真：（852）2597 4003
　　　　　網址：http://www.sunya.com.hk
　　　　　電郵：marketing@sunya.com.hk
發　　行：香港聯合書刊物流有限公司
　　　　　香港荃灣德士古道220-248號荃灣工業中心16樓
　　　　　電話：（852）2150 2100
　　　　　傳真：（852）2407 3062
　　　　　電郵：info@suplogistics.com.hk
印　　刷：中華商務彩色印刷有限公司
　　　　　香港新界大埔汀麗路36號
版　　次：二〇二二年四月初版
　　　　　二〇二四年四月第二次印刷

ISBN : 978-962-08-7977-7
© 2022 Sun Ya Publications (HK) Ltd.
18/F, North Point Industrial Building, 499 King's Road, Hong Kong
Published in Hong Kong SAR, China
Printed in China

有一年的春天，溫柔的兔媽媽和儒雅的兔爸爸結婚了。那一年，他們只有一片蘿蔔田和一間小小的樹屋。

3

冬天快要到來的時候，兔媽媽和兔爸爸一起收割，收穫的胡蘿蔔有如一座小山。

他們把蘿蔔運到果果鎮，換來很多大石和木材，開始修建自己的大屋。

4

兔媽媽和兔爸爸一起努力工作和生活，
春天再次到來的時候，大屋終於建成了！

又一個冬天來到了，在一個雪花飄飄的晚上，一個可愛的兔寶寶出生了！兔媽媽說：「外邊雪這麼大，就叫她雪兔吧。」

　　第四年春天，兔媽媽又生了兩個兔寶寶。當時花兒盛開，颳起大風，爸爸說：「就叫花兔妹妹和風兔弟弟吧。」

　　一年又一年，小兔子們都長大了。這天，他們在大屋前的草地裏發現了一些奇特的貝殼。

　　兔媽媽告訴他們：「這叫蜘蛛螺，是一種很稀有的貝殼，以前能用它來換取很多東西呢！」

　　「用貝殼換取東西？現在還能換嗎？」風兔弟弟興奮地說。

　　兔媽媽提議小兔子們到鎮上試一試以物換物。

第二天早上，兔爸爸帶着小兔子們來到了果果鎮。

雖然太陽升起不久，但是果果鎮的街道上已經十分熱鬧了。

　　雪兔姐姐拿了一袋胡蘿蔔，風兔弟弟拿了一個蜘蛛螺，
而花兔妹妹拿出了自己從山上採摘的一籃蘑菇。三隻小兔子
約定，中午在市集的廣場上集合，看看大家換到了什麼東西。

雪兔姐姐先拿着胡蘿蔔跟菜攤老闆換了一把青菜。

不久，雪兔姐姐又看到了賣米糕的攤檔，聞着米糕誘人的香氣，她上前問道：「老闆，我這把青菜能換多少塊米糕呢？」

老闆看了一眼那把青菜，皺着眉回答說：「你的青菜已不新鮮，請拿錢過來買吧。」

雪兔姐姐失望地走開了。

糖果

風兔弟弟走進了一間糖果店，店裏放滿了五顏六色的糖果，看起來都很好吃呢！

「老闆，請問這個蜘蛛螺能換多少顆糖果呢？」他拿着那枚漂亮的蜘蛛螺問道。

糖果店老闆說：「我不需要蜘蛛螺，請拿錢來買吧。」

風兔弟弟失望地走出店門，心裏想着：媽媽不是說蜘蛛螺能換很多東西嗎？為什麼連糖果都換不了？

這時，風兔弟弟一不小心摔倒了，蜘蛛螺也摔碎了。

花兔妹妹來到服裝店，她看到了一條漂亮的粉紅色裙子，她很想買下它呢！

「老闆，我用蘑菇跟你換這條裙子可以嗎？」

老闆搖了搖頭：「我不需要蘑菇。」

「那我要怎樣才能得到這條裙子呢？」花兔妹妹問道。

「請你拿錢過來買吧！」老闆說。

到了中午，三隻小兔子在市集中心碰面。

兔爸爸問：「天氣太熱嗎？你們為什麼都沒精打采了？」

小兔子們失望地告訴爸爸自己換物的經歷。

兔爸爸笑了笑，說：「青菜壞掉就沒人要了，蜘蛛螺很好看但太容易碎。蘑菇雖然新鮮，別人卻未必需要……那怎麼辦呢？」

兔爸爸説：「我們來試試擺攤位賣物吧！」

於是，小兔子們興高采烈地和爸爸一起找地方擺賣。

「這個螺真漂亮，我想要一個！」一個女孩來到攤位前説。

「要拿一個棒棒糖來換！」風兔弟弟興奮地説。

「不，要拿 10 枚兔子幣來買。」兔爸爸在旁指導説。

就這樣，一個蜘蛛螺賣出了，他們收到了 10 枚兔子幣。

接着，又有兩位阿姨和一位叔叔用兔子幣買下了其他蜘蛛螺。最後，還有個老婆婆買走了花兔妹妹的蘑菇。

「哇！我們有錢了！」孩子們興奮地看着盒子裏金燦燦的兔子幣説。

兔爸爸説：「你們可以用這些錢去買想要的東西了。」

小兔子們開心地尖叫起來，他們迫不及待要去買甜米糕、糖果和花裙子。

　　小兔子們買了各自喜愛的東西。

　　「原來我們可以把別人需要的東西換成錢，再用錢去換自己需要的東西呢！」雪兔姐姐說。

　　「可是，我們怎樣才能得到別人需要的東西呢？」花兔妹妹困惑地問。

　　「我們可以去找貝殼、採蘑菇啊！」風兔弟弟回答。

　　兔爸爸說：「除了以物換物，我們也可以通過工作來賺取金錢的。」

回到家裏，他們跟兔媽媽分享賺取兔子幣的經歷。

風兔弟弟問：「媽媽，我們有這麼多錢，是不是永遠都花不完？」

兔媽媽説：「不是。沒有人有花不完的金錢。爸爸媽媽必須努力工作，才能獲取金錢來維持我們的生活。」

兔爸爸點點頭，説：「錢能換取我們的生活所需，我們努力賺取金錢，才能讓生活更加舒適。」

① 有趣的以物易物。

　　小朋友，你有聽說過「以物易物」嗎？在幾個世紀以前，人們利用物品跟別人換取自己想要的東西或是服務——這就是「以物易物」，「易」是交換、交易的意思。

　　怎樣才能成功以物易物？首先，雙方都需要具備對方想要的東西，這就是有交易的需求：對方有你想要的東西，你也有對方想要的東西。然後，雙方對交換物品的數量或形式表示滿意，這就是交易價格的確定；大家都要一致認同物品的價值，才能讓交易達成，例如當你想要用一枝鉛筆去跟別人交換一個大毛絨玩具時，多半會被拒絕，因為對方或會認為物品的價值不對等而不接受交易。

② 錢是什麼？

在原始社會，最初人們吃不飽穿不暖，採集或狩獵得到的成果往往還不能滿足自己的最基本需要，所以也不會有人將東西拿出來交換。後來，人們的生產能力提高之後，開始有了生產多出的東西。於是，人們開始嘗試「以物易物」進行交易。

「以物易物」的買賣有不少限制，例如故事中小兔子們遇到的那樣，必須同時滿足雙方的交換需求和條件才能達成交易；事實上，要找出雙方需求相同的機會並不容易。而且，人們在量度物品的價值上沒有標準，在交換物品的數量上容易引起爭拗。因此大家都希望有通用價值的東西來進行買賣交易，促成了「一般中間等價物」出現——那就是早期的「錢」，這些物品有以下的特徵：

1. 大家都需要或想要；

2. 方便攜帶；

3. 方便計數。

③ 各種形式的貨幣。

　　最初，遊牧民族以牲畜、獸皮來作為中間物，而農耕民族則以糧食、珠玉等作為中間物。因為作為實物貨幣，牛、羊、豬等牲畜不能分割，糧食會腐爛且不好搬運攜帶，珠玉太少，最後都集中到了海貝上。海貝漂亮而稀少，可以做項鏈，有使用價值，又便於攜帶和計數，因此在商品交換中長期被作為錢來用，一直沿用到春秋時期。漸漸，越來越多人跋山涉水到海邊專門收集海貝，導致市場上的海貝變多，讓海貝變得「不值錢」了，而且海貝還有容易破碎的缺點。後來，人們利用貴金屬黃金和白銀漸漸取代了海貝的地位，成了各個國家通用的新貨幣。

　　在現今社會，我們已不再以物易物，而是用有通用價值的貨幣來進行買賣交易，例如紙幣或硬幣。隨着科技的發展，除了使用現金貨幣，人們也發明了以電子方式支付交易，例如以信用卡、八達通、支付寶和微信支付等。